MINUTE
BOOKS

Nº 6

IAN MCEWAN, geboren 1948 in Aldershot (Hampshire), lebt bei London. 1998 erhielt er den Booker-Preis und 1999 den Shakespeare-Preis der Alfred-Toepfer-Stiftung. Seit seinem Welterfolg *Abbitte* ist jeder seiner Romane ein Bestseller. Er ist Mitglied der Royal Society of Literature und der American Academy of Arts and Sciences.

IAN MCEWAN

Mein parfümierter Roman

Zwei Stories über Schriftsteller

Aus dem Englischen von
Matthias Fienbork und
Michael Walter

Diogenes

Nachweis am Ende des Bandes
Covermotiv: Gemälde
von George Stubbs, ›Zebra‹, 1763

Veröffentlicht als Diogenes Minute Book, 2019

www.diogenes.ch
50/19/44/1
ISBN 978 3 257 79116 7
WWS ISBN 978 3 257 79122 8

INHALT

MEIN PARFÜMIERTER ROMAN

Von meinem Freund, dem einst gefeierten Schriftsteller Jocelyn Tarbet, werden Sie gehört haben, aber ich vermute, die Erinnerung an ihn verblasst allmählich. Die Zeit kann gnadenlos sein. Wahrscheinlich kommt Ihnen ein halbvergessener Skandal in den Sinn. Von mir, dem einst unbekannten Schriftsteller Parker Sparrow, werden Sie erst gehört haben, als mein Name öffentlich mit dem seinen in Verbindung gebracht wurde. Für einige wenige Kenner sind unsere Namen so fest miteinander verbunden wie die beiden Enden einer Wippe. Sein Aufstieg fiel mit meinem Abstieg zusammen, war aber nicht die Ursache. Und sein Abstieg war dann mein Triumph. Ich bestreite nicht, dass Unrecht geschah. Ich habe ein Leben gestohlen und gedenke nicht, es zurückzugeben. Sie können diese Zeilen als Geständnis lesen.

Um es vollumfänglich abzulegen, muss ich vierzig Jahre zurückgehen, in eine Zeit, als unsere Wege sich trafen und es so aussah, als würden sie, parallel verlaufend, uns wie selbstverständlich in eine gemeinsame Zukunft führen. Wir studierten an derselben Universität dasselbe Fach (Englische Literatur), veröffentlichten unsere ersten Erzählungen in Studentenzeitschriften, die *Das Messer im Auge* hießen oder so ähnlich. (Aber welcher Name könnte schon so ähnlich sein.) Wir waren ehrgeizig. Wir wollten

Schriftsteller werden, berühmte Schriftsteller, ja große Schriftsteller. Wir fuhren zusammen in die Ferien und lasen die Texte des anderen, die wir großzügig lobten und brutal ehrlich kritisierten, wir schliefen mit den Freundinnen des anderen und liebäugelten mit einer homoerotischen Affäre. Heute bin ich dick und glatzköpfig, aber damals war ich rank und schlank und hatte lockiges Haar. Ich fand, ich sah wie Shelley aus. Jocelyn war groß, blond, muskulös und mit seinem markanten Kinn das Ebenbild eines arischen Herrenmenschen. Mit Politik hatte er aber nichts am Hut. Unsere Affäre war bloß zur Schau gestellte Bohème, mit der wir uns interessant machen wollten. Tatsächlich war uns beiden schon der Penis des anderen ein abstoßender Anblick. Im Grunde passierte nichts oder fast gar nichts, aber dass andere glaubten, wir trieben es miteinander, amüsierte uns.

All das stand unserer schriftstellerischen Freundschaft nicht im Wege. Wir empfanden uns nicht als Rivalen. Heute würde ich jedoch sagen, dass ich anfangs die Nase vorn hatte. Ich veröffentlichte als Erster eine Geschichte in einer seriösen, erwachsenen Literaturzeitschrift, der *North London Review*. Ich schloss, anders als Jocelyn, das Studium mit einem Einserexamen ab. Wir hielten derlei Dinge für bedeutungslos, und das waren sie letztlich auch. Wir zogen nach London und fanden beide in Brixton eine kleine Wohnung, nur ein paar Straßen voneinander entfernt. Ich veröffentlichte meine zweite Kurzgeschichte und war erleichtert, als seine erste erschien. Wir trafen uns weiterhin regelmäßig, wir betranken uns, lasen unsere Sachen und bewegten uns in denselben wohltuend bescheidenen literarischen Kreisen. Und fast gleichzeitig fingen wir an, sogar Rezensionen für namhafte Zeitungen zu schreiben.

Diese beiden Jahre nach dem Studium waren der Höhepunkt unserer brüderlichen Jugend. Wir wurden rasch erwachsen. Wir schrieben unsere ersten Romane, die viele Gemeinsamkeiten hatten: Sex, Chaos, ein wenig Endzeitstimmung, Gewalt, modische Verzweiflung und ziemlich gute Witze darüber, was zwischen einem jungen Mann und einer jungen Frau alles schiefgehen kann. Wir waren glücklich. Nichts stand uns im Weg.

Doch dann passierten zwei Dinge. Jocelyn schrieb hinter meinem Rücken ein Fernsehspiel. Das war unter unserer Würde, dachte ich damals. Wir lebten für die Literatur. Fernsehen war Schrott, Unterhaltung für die Massen. Das Drehbuch, das sofort mit zwei bekannten Schauspielern verfilmt wurde, thematisierte leidenschaftlich einen gesellschaftlichen Missstand – Obdachlosigkeit oder Arbeitslosigkeit –, über den ich Jocelyn noch nie hatte reden hören. Es war ein Erfolg. Man nahm ihn wahr, man sprach über ihn, wartete gespannt auf seinen ersten Roman. All das wäre unwichtig gewesen, wenn ich in dieser Zeit nicht Arabella kennengelernt hätte, eine englische Rose, eine blühende, üppige, ruhige, lustige Frau, mit der ich bis heute verheiratet bin. Ich hatte schon einige Freundinnen gehabt, aber bei Arabella blieb ich. Sie bot mir alles, was ich mir an Sex und

Freundschaft und Abenteuer und Abwechslung nur wünschen konnte. Eine solche Leidenschaft allein hätte mich aber noch nicht von Jocelyn entfernt oder von meinen Zielen abgehalten. Ganz und gar nicht. Arabella war ihrem Wesen nach großzügig, offen, frei von Eifersucht, und Jocelyn war ihr auf Anhieb sympathisch.

Doch dann bekamen wir ein Kind, den kleinen Matt, und alles wurde anders. An seinem ersten Geburtstag heirateten Arabella und ich. Meine Einzimmerwohnung war bald zu klein, so dass wir umzogen, in den Südwesten Londons, und dann ein zweites Mal, noch weiter südwestlich. Bis Charing Cross waren es mit der Bahn zwanzig Minuten, aber davor lag ein Fußweg von fünfundzwanzig Minuten durch die Vororte.

Von meinen Artikeln konnten wir nicht leben. Ich fand eine Teilzeitstelle als Dozent an einem College. Arabella wurde zu ihrer großen Freude erneut schwanger. Mein Job wurde in eine volle Stelle umgewandelt, und gleichzeitig erschien mein erster Roman. Es gab Anerkennung, es gab milde Verrisse. Sechs Wochen später kam Jocelyns erster Roman heraus – ein sofortiger Erfolg. Er lief nicht viel besser als meiner (damals spielten Verkaufszahlen kaum eine Rolle), doch sein Autor hatte schon einen gewissen Namen. Man hungerte nach einer neuen Stimme, und so schön wie Jocelyn Tarbet hätte ich nie singen können.

Seine äußere Erscheinung (arischer Herrenmensch ist unfair – sagen wir lieber eine Mischung aus Bruce Chatwin und Mick Jagger) war seinem Ruf ebenso förderlich wie sein enormer Verschleiß an interessanten Freundinnen und der zerbeulte MGA-Roadster, mit dem er herumfuhr. War ich neidisch? Ich glaube nicht. Meine Liebe galt drei Menschen – unsere Kinder waren himmlische Geschöpfe. Alles, was sie taten und sagten, faszinierte mich, und auch Arabella hörte nicht auf, mich zu faszinieren. Bald war sie wieder schwanger, und wir zogen in den Norden, nach Nottingham. Aufgrund meiner Lehrtätigkeit und wegen der häuslichen Verpflichtungen brauchte ich für meinen zweiten Roman fünf Jahre. Es gab Lob, etwas mehr als beim letzten Mal, es gab Verrisse, etwas weniger als beim letzten Mal. An das letzte Mal erinnerte sich außer mir niemand.

Zu der Zeit kam Jocelyns dritter Roman heraus. Der erste war bereits verfilmt worden, mit Julie Christie. Er selbst war inzwischen geschieden, wohnte in Notting Hill, gab regelmäßig Fernsehinterviews, ließ sich für Lifestylemagazine porträtieren. Er konnte witzige, bitterböse Dinge über den Premierminister sagen. Er war das Sprachrohr unserer Generation. Erstaunlicherweise tat das unserer Freundschaft keinen Abbruch. Klar, wir sahen uns seltener. Wir beide hatten, in unseren separaten Welten, viel zu tun. Wenn wir uns treffen wollten, mussten wir lange im Voraus einen Termin festmachen. Manchmal kam Jocelyn zu uns (vor der Geburt des vierten Kindes waren wir nach Durham gezogen, noch weiter in den Norden), aber in der Regel reiste ich nach Süden, um ihn zu besuchen. Er wohnte mit seiner zweiten

Frau Joliet in Hampstead, in einem großen alten Haus unweit des Heath.

Wir tranken, gingen spazieren und redeten. Wer unsere Gespräche mit angehört hätte, wäre nicht auf die Idee gekommen, dass er die Berühmtheit war und ich jemand, dessen schriftstellerischer Stern schon zu verblassen begann. Er nahm meine Ansichten genauso ernst wie seine eigenen; nie war er herablassend. Er dachte sogar an die Geburtstage meiner Kinder. Ich bekam immer das beste Gästezimmer. Joliet empfing mich mit offenen Armen. Jocelyn lud Freunde zum Essen ein, durchweg aufgeschlossene, sympathische Leute. Er war ein wunderbarer Koch. Wir waren, das sagten wir oft, wie Brüder.

Natürlich gab es Unterschiede, die man nicht ignorieren konnte. Mein Haus in Durham war ganz nett, aber beengt, voller Kinder und im Winter kalt. Der Hund und die beiden Katzen hatten Sessel und Teppiche ruiniert. In der Küche lag immer schmutzige Wäsche, weil dort die Waschmaschine war. Überall standen hässliche, ingwerfarbene Kiefernmöbel, die zu lackieren oder zu ersetzen wir nicht die Zeit hatten. Selten war mehr als eine Flasche Wein im Haus. Die Kinder waren toll, aber chaotisch und laut. Wir lebten von meinem bescheidenen Gehalt und dem, was Arabella als Teilzeitpflegekraft verdiente. Wir hatten keine Ersparnisse, der Luxus hielt sich in Grenzen. Es war nicht leicht, im Haus ein Eckchen zu finden, um in Ruhe lesen zu können. Oder überhaupt ein Buch zu finden.

Es war daher ein Urlaub für alle Sinne,

das Wochenende bei Jocelyn und Joliet zu verbringen. Die riesige Bibliothek, die Couchtische, auf denen sich die aktuellen Neuerscheinungen stapelten, der gepflegte Dielenboden, die Gemälde und Teppiche, der Flügel, die Violinnoten auf dem Notenständer, die vielen Handtücher im Gästezimmer, die eindrucksvolle Dusche, die erwachsene Ruhe im Haus und eine Ordnung und Sauberkeit, wie sie nur eine Putzfrau, die täglich vorbeischaut, gewährleisten kann. Im Garten stand eine alte Weide, es gab eine bemooste Terrasse, einen weitläufigen Rasen und hohe Mauern. Und, was noch wichtiger war, im Haus herrschte eine Atmosphäre von Offenheit, Neugier, Toleranz und Witz. Kein Wunder, dass ich so gerne herkam.

Ich sollte vielleicht gestehen, dass es

einen einzigen dunklen Schatten gab, ein heikles Thema, das ich nie ansprach. Es belastete mich auch nicht so sehr, ehrlich. Ich hatte in fünfzehn Jahren vier Romane geschrieben – eine heroische Leistung, wenn ich an meine Lehrtätigkeit und meine Vaterpflichten und die häusliche Beengtheit dachte. Alle vier waren vergriffen. Ich hatte keinen Verlag mehr. Meinem alten Freund hatte ich jedes Mal ein Exemplar meines neuesten Romans geschickt, mit einer herzlichen Widmung. Er bedankte sich kommentarlos. Ich bin mir sicher, dass er nach unseren Tagen in Brixton nie mehr eine Zeile von mir gelesen hat. Er schickte mir ebenfalls druckfrische Exemplare seiner insgesamt neun Romane. Zu den ersten zwei oder drei schrieb ich ihm lange Briefe mit ausführlichen Würdigungen, beschloss dann aber, es im Interesse unserer Freundschaft zu halten wie er. Wir tauschten uns nicht mehr über unsere Bücher aus – und kamen gut damit klar.

Wir waren nun beide um die fünfzig, jenseits der Lebensmitte. Jocelyn war ein Gigant der Literatur, und ich – nun ja, Versager wäre das falsche Wort gewesen. Meine Kinder hatten alle studiert oder waren gerade dabei, ich war noch immer ein ganz passabler Tennisspieler, meine Ehe hatte einige Turbulenzen und zwei handfeste Krisen überstanden, und es hieß, dass mir bald eine ordentliche Professur angeboten würde. Ich saß an meinem fünften Roman – doch es war mühsam.

Und nun komme ich zum Kern der Geschichte, zum entscheidenden Hochschnellen der Wippe. Es war Anfang Juli, ich fuhr, wie so oft, unmittelbar nach den Prüfungen nach Hampstead. Ich war erschöpft und erleichtert. Aber es war nicht der übliche Besuch. Jocelyn und Joliet wollten tags darauf für eine Woche nach Orvieto fahren, und ich würde das Haus hüten – die Katze füttern, die Pflanzen gießen und in der Stille des Hauses an meinem Roman arbeiten, an den mäandernden achtundfünfzig Seiten, aus denen er bis jetzt bestand.

Als ich ankam, war Jocelyn noch unterwegs und erledigte irgendwelche Besorgungen. Joliet begrüßte mich herzlich. Sie war Spezialistin für Röntgenkristallographie am Imperial College, eine bildhübsche, schlanke Frau mit einer warmen, leisen Stimme und einer offenen Art. Wir saßen draußen im Garten, tranken Tee im Schatten der riesigen

Weide und tauschten Neuigkeiten aus. Und dann, nach einer Pause und einem Stirnrunzeln, als habe sie diesen Moment geplant, erzählte sie mir, dass Jocelyn mit seiner Arbeit nicht recht vorankomme. Er habe gerade einen Roman fertiggestellt und sei niedergeschlagen. Er sei seinen eigenen Ansprüchen nicht gerecht geworden, denn es sollte ein besonders wichtiges Buch werden. Er fühle sich elend. Er sei überzeugt, das Manuskript nicht verbessern zu können, schaffe es aber auch nicht, es wegzuwerfen. Sie habe ihm daher vorgeschlagen, ein paar Tage wegzufahren und auf den staubigen weißen Wegen rings um Orvieto zu wandern. Er brauche Erholung, Distanz. Sie erzählte mir, dass es ihm ziemlich schlechtging. Sie hatte ihm angeboten, den Roman zu lesen, aber er hatte abgelehnt – verständlicherweise, sie war ja nicht vom Fach.

Schließlich sagte ich leichthin: »Ich bin sicher, er kann es retten, er muss einfach ein bisschen ausspannen und Abstand gewinnen.«

Am nächsten Morgen reisten sie ab. Ich fütterte die Katze, machte mir eine zweite Tasse Kaffee und breitete dann auf dem Schreibtisch im Gästezimmer meine Manuskriptseiten aus. Es war ganz still in dem großen, blitzsauberen Haus. Doch meine Gedanken kehrten immer wieder zu Joliets Bericht zurück. Merkwürdig, dass mein so erfolgreicher Freund eine Schaffenskrise hatte. Das fand ich interessant; es hob sogar ein wenig meine Stimmung. Nach einer Stunde ging ich, ohne irgendeine bewusste Absicht, hinüber zu Jocelyns Arbeitszimmer. Verschlossen. Ebenso absichtslos betrat ich sein Schlafzimmer. Ich erinnerte mich von unserer Brixtoner Zeit her, wo er damals das Marihuana versteckt hatte, und schon bald hatte ich den Schlüssel gefunden, in der Wäschekommode, hinter den Socken.

Sie werden es mir nicht glauben, aber ich hatte keinen Plan. Ich wollte das Ding einfach sehen.

Auf seinem Arbeitstisch brummte eine riesige alte elektrische Schreibmaschine – er hatte vergessen, sie auszuschalten. Er gehörte zu den vielen Schriftstellern, die sich dem Computer verweigerten. Daneben lag das Typoskript, ein akkurater Stapel von sechshundert Seiten – lang, aber nicht übermäßig lang. *Der Tumult* lautete der Titel, darunter stand, mit Bleistift vermerkt,

»fünfte Fassung« und ein Datum aus der zurückliegenden Woche.

Ich setzte mich in den Sessel meines alten Freundes und begann zu lesen. Zwei Stunden später legte ich, wie in Trance, eine Pause ein, ging für zehn Minuten hinaus in den Garten und beschloss, mich wieder an meine eigene armselige Arbeit zu machen. Doch irgendetwas zog mich zurück an Jocelyns Schreibtisch. Ich blieb zögernd davor stehen, setzte mich dann, las den ganzen Tag, machte mir abends etwas zu essen, las bis spät in die Nacht hinein, wachte früh auf und war gegen Mittag fertig.

Es war phantastisch. Mit Abstand sein bester Roman. Besser als jeder andere zeitgenössische Roman, den ich kannte. Wenn ich sage, er war von Tolstoi'schem

Zuschnitt, so war er doch absolut modern in der Ausführung, proustianisch, joyceanisch. Es gab Momente größten Glücks und furchtbaren Leids. Jocelyns Prosa funkelte schöner denn je. Ein weltgesättigter Roman, ein Roman, der uns London schenkte, das ganze zwanzigste Jahrhundert. Die fünf Hauptfiguren waren von überwältigender Wahrhaftigkeit und Strahlkraft. Es kam mir vor, als würde ich sie schon lange kennen. Bisweilen waren sie mir fast zu nahe, zu real. Das Ende, fünfzig Seiten lang, war symphonisch in seiner allmählich sich entfaltenden Wucht, melancholisch, subtil, ehrlich. Ich war den Tränen nahe. Nicht nur wegen der Nöte der Figuren, sondern wegen der großartigen Konstruktion – und dazu dieses tiefe Verständnis von Liebe und Vergeblichkeit und Schicksal, dieses empathische Wissen um menschliche Schwäche.

Ich stand auf. Gedankenverloren beobachtete ich eine zerzaust aussehende Drossel, die, nach Würmern suchend, auf dem Rasen vor und zurück hüpfte. Ich sage das nicht zu meiner Verteidigung, aber ich hatte noch immer keinerlei Plan. Ich spürte nur das warme Glücksgefühl eines besonderen Leseerlebnisses, diese tiefe Dankbarkeit, die jeder Freund der Literatur kennt.

Ich sage, ich hatte keinen Plan, aber ich wusste genau, was ich als Nächstes tun würde. Ich führte lediglich aus, was andere nur gedacht hätten. Ich bewegte mich wie ein Zombie, losgelöst von meinen eigenen Handlungen. Außerdem sagte ich mir, dass ich einfach Vorsorge traf, dass alles höchstwahrscheinlich folgenlos bleiben würde. Das war natürlich eine Schutzbehauptung. Heute frage ich mich, ob es die Gerüchte um die Fälschungen von Lee Israel waren, die mich inspiriert hatten, oder vielleicht Borges' *Pierre Menard* oder Calvinos *Wenn ein Reisender in einer Winternacht*. Oder eine Episode aus einem Roman, den ich im Jahr zuvor gelesen hatte, *Information* von Martin Amis. Aus zuverlässiger Quelle weiß ich, dass Amis seinerseits nach einem feuchtfröhlichen Abend mit einem befreundeten Schriftsteller auf diese Episode gekommen war, wie heißt er gleich, der mit dem schottischen Namen und der englischen Art. Die beiden hatten sich verschiedene Möglichkeiten ausgedacht, wie ein Schriftsteller das Leben eines anderen Schriftstellers ruinieren könnte. Aber das hier war anders.

Nach allem, was dann folgte, mag das wenig plausibel klingen, doch an jenem Morgen hatte ich nicht die Absicht, Jocelyn in irgendeiner Weise zu schädigen. Ich dachte nur an mich. Ich hatte meine Ambitionen.

Ich ging mit dem Manuskript in die Küche, stopfte es in eine Plastiktüte und fuhr mit dem Taxi zu einer abgelegenen Straße am anderen Ende von London, in der es, wie ich wusste, einen Kopierladen gab. Anschließend fuhr ich zurück, legte das Manuskript auf Jocelyns Schreibtisch, schloss das Arbeitszimmer ab, beseitigte meine Fingerabdrücke auf dem Schlüssel und legte ihn wieder in die Wäschekommode.

Im Gästezimmer nahm ich eines der leeren Notizbücher, die ich regelmäßig zu Weihnachten geschenkt bekomme, aus meiner Aktenmappe und machte mich an die Arbeit. Ich begann, ausführliche Notizen zu dem gerade gelesenen Roman zu machen. Den ersten Eintrag datierte ich um zwei Jahre zurück. Mehrmals wich ich bewusst vom Thema ab, verfolgte Nebensächlichkeiten, kam aber immer wieder auf den Hauptstrang der Geschichte zurück. Ich schrieb in drei Tagen zwei Notizbücher voll, skizzierte Szenen, dachte mir andere Namen für die Figuren aus, veränderte gewisse Details ihrer Vergangenheit, ihrer Umgebung, ihrer Physiognomie. Es gelang mir, einige Nebensujets aus älteren Romanen von mir einzuflechten. Ich zitierte mich sogar. Statt in London, dachte ich, könnte die Handlung gut in New York spielen. Dann wurde mir klar, dass ich keine Stadt so lebendig würde porträtieren können wie Jocelyn, also beließ ich es bei London. Ich arbeitete hart und hatte allmählich das Gefühl, wirklich kreativ zu sein. Schließlich würde es ja auch mein Roman werden.

In meinen verbleibenden Tagen in London tippte ich die ersten drei Kapitel. Ein paar Stunden vor Jocelyns und Joliets Rückkehr schrieb ich ihnen einen Zettel mit der Nachricht, dass ich wegen einer Sitzung der Prüfungskommission dringend abreisen musste. Sie werden mich vermutlich für feige halten, werden denken, dass ich es nicht fertigbrachte, dem Mann, den ich bestohlen hatte, unter die Augen zu treten. Aber so war es nicht. Ich wollte nach Hause und weiterarbeiten. Ich hatte schon achtzig Seiten und wollte unbedingt dranbleiben.

Arabella erzählte ich wahrheitsgemäß,

dass die Woche sehr erfolgreich gewesen sei. Ich sei etwas Wichtigem auf der Spur, das ich nun in den Semesterferien weiterentwickeln wolle. Ich arbeitete den ganzen Juli hindurch, Mitte August druckte ich meine erste Fassung aus und verbrannte im Garten die Fotokopien. Auf dem Ausdruck machte ich von Hand massenhaft Korrekturen, tippte sie dann ab, und Anfang September war die neue Fassung fertig. Natürlich war es noch immer Jocelyns Roman. Einige brillante Passagen übernahm ich fast wortwörtlich. Aber es gab doch so viel Eigenes, so viel von mir, dass ich einen gewissen Schöpferstolz empfand. Ich hatte meine Essenz über das gesamte Manuskript versprüht. Sogar einen Verweis auf meinen ersten Roman hatte ich eingebaut, eine der Figuren liest ihn – am Strand.

Mein Verleger hatte sich bei einer jener gnadenlosen Säuberungen der sogenannten Mid-List »mit tiefstem Bedauern« von mir getrennt. Ich hatte keinerlei vertragliche Verpflichtungen. Statt den Roman selbst im Internet zu veröffentlichen, beschloss ich, mich an einen altmodischen Selbstkostenverlag namens Gorgeous Books zu wenden. Es ging erschreckend schnell. Eine Woche später hielt ich ein Vorausexemplar von *Der verweigerte Tanz* in Händen. Violetter Umschlag, dekorative Schrift in Goldprägung, die Seiten zart parfümiert. Ich versah ein Exemplar mit einer Widmung und schickte es per Einschreiben an meinen lieben Freund. Ich wusste, er würde es nicht lesen.

Ende September begann das neue Semester. In meiner freien Zeit verschickte ich das Buch an Freunde, Buchhandlungen und Zeitungen, jedes Mal begleitet von ein paar hoffnungsvollen Worten. Ich verschenkte es an Läden karitativer Organisationen. Das eine oder andere Exemplar stellte ich heimlich in die Regale von Buchantiquariaten. Jocelyn schrieb mir per E-Mail, dass er den *Tumult* beiseitegelegt habe und an etwas Neuem arbeite. Nun blieb mir nur noch zu warten – und zu hoffen.

Zwei Jahre vergingen. Ich machte die üblichen Besuche in Hampstead. Wir vermieden es wie gewohnt, über unsere Arbeit zu reden. Von niemandem hörte ich in dieser Zeit ein Wort über den *Verweigerten Tanz* – außer von meiner Frau. Arabella war hingerissen und angesichts der ausbleibenden Resonanz erst irritiert, dann empört. Sie sagte, mein berühmter Freund solle doch etwas für mich tun. Ich erklärte seelenruhig, dass mein Stolz es nicht zulasse, ihn darum zu bitten. Wenn ich in London war, verteilte ich weitere Exemplare des Romans in Antiquariaten. Bis Weihnachten hatte ich knapp vierhundert Stück unter die Leute gebracht.

Drei Jahre nach dem *Verweigerten Tanz* erschien *Der Tumult*. Wie von mir erwartet, hatten Jocelyns Freunde ihm klargemacht, dass dies sein bestes Buch sei und er es unbedingt veröffentlichen müsse. Die Presse erging sich, ebenfalls wie erwartet, in ekstatischen Lobeshymnen. Ich hielt mich zurück, für den Fall, dass der von mir in Gang gesetzte Prozess seine eigene Dynamik entfalten würde. Da aber niemand meine parfümierte Fassung gelesen hatte, passierte nichts.

Ich musste also ein wenig nachhelfen. Ich schickte mein Werk in einem anonymen Umschlag an einen verbitterten, klatschsüchtigen Kritiker des *Evening Standard*. Auf dem beigefügten Zettel stand, in Courier 16 Punkt, ohne Unterschrift: »Erinnert Sie das nicht an einen höchst erfolgreichen Roman, der letzten Monat erschienen ist?«

Den Rest der Geschichte werden Sie kennen. Es lief perfekt. Ein wilder Sturm fuhr durch unser beider Leben. Die Story hatte all die richtigen Zutaten. Ein übler Schurke, ein stiller Held. Ein Literaturgigant vom Sockel geholt, in flagranti ertappt, ein alter Freund, vom Pech verfolgt, verraten, ganze Passagen übernommen, die ganze Konzeption gestohlen, ebenso die Figuren, keine überzeugende Erklärung des Missetäters, dessen Freunde nun begriffen, warum er mit der Veröffentlichung gezögert hatte, Abertausende Exemplare des *Tumults* aus dem Verkehr gezogen und eingestampft. Und der alte Freund? Enthält sich nobel jeder Verurteilung, gibt keine Interviews – entpuppt sich natürlich als Genie, das beste Buch seit langem, ein moderner Klassiker, ein bescheidener Mann, geliebt von seinen Studenten und Kollegen, von seinem Verleger verstoßen, seine Bücher vergriffen. Dann eine wahre Jagd nach den Rechten, sämtlichen Rechten, auch an der Backlist, Agenten, Bietergefechte, Filmrechte, Filmproduzenten. Dann die Auszeichnungen – Booker, Whitbread, Medici Book Club, National Book Critics Circle Award, ein einziges langes Festbankett. Exemplare der Gorgeous-Books-Ausgabe werden bei Abebooks für fünftausend Pfund gehandelt. Und schließlich, als sich die ganze Aufregung gelegt hat und mein Buch sich noch immer verkauft wie geschnitten Brot, nachdenkliche Feuilletonartikel über das Wesen der literarischen Kleptomanie, über den zwanghaften Wunsch aufzufliegen und über künstlerische Selbstzerstörung bei Schriftstellern mittleren Alters.

In E-Mails und Telefongesprächen mit Jocelyn war ich kühl. Ich klang verletzt, ohne es auszusprechen, wollte für eine Weile keinen Kontakt mehr. Als er sagte, dass er sich das alles nicht erklären könne, räusperte ich mich, legte eine Kunstpause ein und erinnerte ihn dann an das Exemplar, das ich ihm geschickt hatte. Wie konnte es anders passiert sein. Schließlich gab ich einer kalifornischen Zeitschrift ein Interview. Es wurde die maßgebliche Version der Geschichte, auf die sich alle anderen Medien beriefen. Ich erlaubte dem Journalisten, meine Notizbücher einzusehen, zeigte ihm die Ablehnungsbescheide und die Kopien der hoffnungsvollen Briefe, die ich meinen violetten Exemplaren beigefügt hatte. Er sah, in welch beengten Verhältnissen ich lebte, lernte meine reizende Frau und die Kinder kennen. Er berichtete von meinem leidenschaftlichen Engagement für die Sache der Literatur, von meiner stillen Weigerung, einen alten Freund zu kritisieren, von der Würdelosigkeit der Zuschussverlage, die ich klaglos ertragen hatte, von der Wiederentdeckung eines brillanten Werks, ganz ähnlich wie bei John Williams. Dank der amerikanischen Wochenzeitschrift wurde ich ein Heiliger.

In meinem Privatleben lief alles erwartungsgemäß. Wir kauften ein altes Haus am Rande eines Dorfes, fünf Kilometer von Durham entfernt. Ein prächtiger Fluss zieht sich durch das Grundstück. Bei der Feier zu meinem sechzigsten Geburtstag waren schon zwei Enkelkinder dabei. Ein Jahr zuvor war ich in den Adelsstand erhoben worden. Ich bin noch immer ein Heiliger, ein sehr reicher Heiliger, fast ein Gigant der Literatur. Mein sechster Roman kam bei der Kritik nicht so gut an, trotz Rowling'scher Verkaufszahlen. Vielleicht höre ich mit dem Schreiben auf. Ich glaube kaum, dass es jemanden stören würde.

Und Jocelyn? Ebenfalls erwartungsgemäß. Die Verlagsbranche wollte nichts mehr mit ihm zu tun haben, auch die Leser wandten sich von ihm ab. Er verkaufte sein Haus, zog nach Brixton, in unsere alte Gegend, wo er sich nach eigener Aussage ohnehin wohler fühlt. Er unterrichtet Creative Writing an einer Abendschule in Lewisham. Schön, dass Joliet zu ihm hält. Und es gibt kein böses Blut zwischen uns. Wir sind uns nahe. Ich habe ihm restlos verziehen. Er besucht uns oft, bekommt immer das beste Gästezimmer, mit Blick auf den Fluss, wo er gern Forellen angelt und meilenweit rudert. Manchmal kommt Joliet mit. Sie verstehen sich gut mit unseren alten Professorenfreunden, die liebenswürdig und tolerant sind. Oft kocht er für uns alle. Ich glaube, er ist dankbar, dass ich ihm auch nicht andeutungsweise vorwerfe, in dieses lila parfümierte Buch hineingeschaut zu haben.

Manchmal, wenn er und ich spätabends am Feuer sitzen (der Kamin ist riesig) und bei einer Flasche Wein über diese merkwürdige Episode sprechen, über dieses Desaster, kommt er auf seine Theorie zurück, die er im Laufe der Jahre verfeinert hat. Unser beider Leben, sagt er, waren immer miteinander verwoben. Wir haben tausendmal über alles Mögliche geredet, haben die gleichen Bücher gelesen, haben so viel miteinander erlebt und geteilt, und unsere Gedanken, unsere Phantasien sind auf eigentümliche Weise so sehr miteinander verschmolzen, dass wir am Ende denselben Roman geschrieben haben, mehr oder weniger.

Ich gehe, eine anständige Flasche Pomerol in der Hand, hinüber zu ihm und schenke nach. Es ist nur eine Theorie, sage ich, aber es ist eine noble Theorie, eine schöne Vorstellung, die die Essenz unserer langen, unverbrüchlichen Freundschaft hochhält. Wir sind wie Brüder.

Wir heben unsere Gläser.

Zum Wohl!

BETRACHTUNGEN EINES HAUSAFFEN

Wer Spargel isst, kennt den Geruch, den er dem Urin verleiht. Man hat ihn als reptilisch beschrieben oder als einen widerwärtig anorganischen Gestank, dann wieder als herbes, weibliches Odeur … erregend. Auf alle Fälle erweckt er die Vorstellung von einer wie auch immer gearteten sexuellen Aktivität zwischen exotischen Geschöpfen, vielleicht aus einem fernen Land, von einem anderen Stern. Dieser unirdische Geruch ist eine Sache für Dichter, und ich fordere sie auf, sich ihrer Verantwortung zu stellen.

All dies als Vorrede … bevor der Vorhang hochgeht und Sie mich in einem kleinen, überheizten Kabuff stehen, urinieren und Betrachtungen anstellen sehen. Die drei Wände um mich herum sind in einem leuchtenden aufdringlichen Rot angemalt, gestrichen von Sally Klee, als ihr solche Dinge noch etwas bedeuteten, eine weit zurückliegende Zeit von einzigartigem Optimismus. Die Mahlzeit, die in völligem Schweigen verlief und von der ich mich soeben erhoben habe, bestand aus verschiedenen Konserven, Büchsenfleisch, Kartoffeln, Spargel, bei Zimmertemperatur serviert. Es war Sally Klee, die die Dosen geöffnet hat und deren Inhalt auf Pappteller tat. Ich trödele noch in meiner Toilette, wasche mir die Hände, klettere auf die Spüle, um mein Gesicht im Spiegel zu betrachten, gähne. Verdiene ich es, ignoriert zu werden?

Ich treffe Sally Klee so an, wie ich sie verlassen habe. Sie ist in ihrem Esszimmer und spielt in trübem Kerzenlicht mit abgebrannten Streichhölzern. Wir waren einst Liebende und lebten fast wie Mann und Frau, glücklicher als die meisten Ehefrauen und Ehemänner. Weil sie dann meiner Eigenheiten überdrüssig wurde und ich ihren Unwillen täglich durch meine Dickköpfigkeit verschlimmerte, bewohnen wir jetzt verschiedene Zimmer. Sally Klee blickt nicht auf, als ich ins Zimmer komme, und ich zögere zwischen ihrem Stuhl und meinem, den gedeckten Tellern und Dosen. Vielleicht bin ich ein bisschen zu gedrungen, um ernst genommen zu werden, sind meine Arme ein bisschen zu lang. Ich strecke sie aus und streichle behutsam Sally Klees schimmerndes, schwarzes Haar. Ich spüre die Wärme ihres Schädels unter ihrem Haar, und das berührt mich so lebhaft, so traurig.

Sie werden vielleicht von Sally Klee gehört haben. Vor zweieinhalb Jahren veröffentlichte sie einen Kurzroman, und der war ein Volltreffer. Der Roman beschreibt die Versuche und bitteren Fehlschläge einer jungen Frau, ein Baby zu bekommen. Medizinisch scheint weder ihr noch ihrem Gatten, noch dessen Bruder etwas zu fehlen. Es ist, in den Worten von *The Times Literary Supplement*, eine mit »blasser Behutsamkeit« erzählte Geschichte. Andere ernsthafte Rezensionen waren weniger wohlwollend, doch im ersten Jahr wurden dreißigtausend gebundene Exemplare verkauft, und bis jetzt eine Viertelmillion Taschenbücher. Wenn Sie das Buch nicht gelesen haben, werden Sie immerhin den Umschlag der Taschenbuchausgabe beim Kauf Ihrer Morgenzeitung am Bahnhof gesehen haben. Eine nackte Frau kniet, das Gesicht in den Händen vergraben, inmitten einer unfruchtbaren Wüste. Seitdem hat Sally Klee nichts mehr geschrieben. Endlose Monate sitzt sie jeden Tag an ihrer Schreibmaschine und wartet. Bis auf einen plötzlichen Aktivitätsschub am Ende jedes Tages schweigt ihre Maschine. Sie kann sich nicht erinnern, wie sie ihr erstes Buch zustande gebracht hat, sie wagt nicht, von dem abzuweichen, was sie kennt, sie wagt nicht, sich zu wiederholen. Sie hat Geld und Zeit und ein komfortables Haus, in dem sie, gelangweilt und verwirrt, wartend herumsitzt.

Sally Klee legt ihre Hand auf die meine, als die ihr über den Kopf fährt, entweder um Zärtlichkeiten abzuwehren oder um sie dankbar anzuerkennen – ihr Kopf ist noch immer gesenkt, und ich kann ihr Gesicht nicht sehen. Vorsichtshalber gehe ich einen Kompromiss ein und halte ihre Hand, und Sekunden später fallen unsere Hände schlaff neben uns. Ich sage nichts und beginne, wie der vollkommene Freund, die Teller und das Besteck, Dosen und Dosenöffner abzuräumen. Um Sally Klee zu versichern, dass ich wegen ihres Schweigens überhaupt nicht pikiert bin oder schmolle, pfeife ich durch die Zähne fröhlich den Lillibullero, etwa so wie Sternes Uncle Toby in Krisenzeiten.

Als ob nichts wär. Ich stapele in der Küche die Teller und schmolle so sehr, dass ich darüber fast zu pfeifen vergesse. Trotz meiner negativen Gefühle mache ich mich daran, den Kaffee zuzubereiten. Sally Klee will eine Mischung aus nicht weniger als vier verschiedenen Bohnensorten, Balzac nacheifernd, dessen Biographie sie in einer üppig illustrierten Ausgabe las, während sie die Fahnen ihres ersten Romans korrigierte. Wir nennen ihn immer ihren ersten Roman. Die Bohnen müssen sorgfältig abgemessen und von Hand gemahlen werden – eine Aufgabe, für die mein Körperbau geradezu wie geschaffen ist. Insgeheim hege ich den Verdacht, Sally Klee glaubt, dass guter Kaffee die Essenz eines guten Autors ausmacht. Man denke nur an Balzac (sagt sie, glaube ich, zu sich selbst), der mehrere tausend Romane schrieb und dessen Kaffeerechnungen sich dem

Interessierten in stillen Vorstadtmuseen in Glasschaukästen darbieten. Nach dem Mahlen muss ich eine Prise Salz hinzugeben und die Mischung in die Silberhöhlung einer kompakten, rostfreien Edelstahlmaschine schütten, die von Grenoble per Post hierhergeschickt wurde. Während der Kaffee sich auf dem Herd erwärmt, luge ich hinter der Esszimmertür hervor rasch zu Sally Klee hinein. Sie hat jetzt die Arme verschränkt und lässt sie vor sich auf dem Tisch ruhen. Ich trete ein paar Schritte ins Zimmer und hoffe, ihre Aufmerksamkeit zu erregen.

Vielleicht war das Arrangement von allem Anfang an zum Scheitern bestimmt. Andererseits waren die Wonnen, die es – vor allem Sally Klee – bescherte, bemerkenswert. Und während sie glaubt, dass ich in meinem Benehmen ihr gegenüber ein bisschen zu hartnäckig war, zu manisch, zu »eifrig«, und während ich meinerseits noch immer meine, dass sie sich mehr an meiner Fremdheit ergötzte (»lustig kleiner schwarzer ledriger Penis« und »deine Spucke schmeckt wie dünner Tee«) als an meinem eigentlichen Wesen, möchte ich doch annehmen, dass keine Seite tiefes Bedauern empfindet. Wie sagt doch Moira Sillito, die Heldin von Sally Klees erstem Roman, beim Begräbnis ihres Mannes zu sich selbst: »Alles wandelt sich.« Zitiert die stille, entschlossene, doch letztendlich tragische Moira ihren Yeats bewusst falsch? Also, kein nachhaltiges Bedauern, hoffe ich, während ich an diesem Nachmittag mein bisschen persönliche Habe aus Sally Klees geräumigem Schlafzimmer in mein eigenes kleines Zimmer ganz oben im Haus schaffe. Ja, Treppensteigen macht mir ziemlich Spaß, und ich ging ohne Murren. Praktisch (warum es leugnen?) war ich entlassen, doch ich hatte auch meine eigenen Gründe dafür, dies Bett zu räumen. Bei all ihren Wonnen verstrickte mich diese Liaison zu tief in Sally Klees Kreativitätsprobleme, und ein letzter Akt von wohlmeinendem Voyeurismus vermochte mir zu zeigen, wie sehr mein Begriffsvermögen überfordert war. Künstlerisches Trächtigsein ist Privatsache, und meine Nähe war, und ist es vielleicht noch, obszön. Sally Klees Blick löst sich vom Tisch und begegnet für den Bruchteil einer Sekunde dem meinen. Mit einer leichten, bestätigenden Kopfbewegung zeigt sie an, dass sie bereit ist für den Kaffee.

Sally Klee und ich schlürfen unseren Kaffee »in bedeutungsschwangerem Schweigen«. So zumindest schlürfen Moira und ihr Gatte Daniel, ein aufstrebender, junger leitender Angestellter in einer ortsansässigen Flaschenabfüllfabrik, ihren Tee und verdauen die Neuigkeit, dass keine medizinischen Gründe vorliegen, warum sie unfähig sein sollten, gemeinsam ein Kind zu zeugen. Später am selben Tag beschließen sie nochmals einen Versuch (ein gutes Wort, fand ich), zu einem Baby zu kommen. Persönlich bemerkt, Schlürfen ist etwas, bei dem ich ziemlich brilliere, doch Schweigen, welcher Art auch immer, sorgt bei mir für Unbehagen. Ich halte die Tasse ein Stück von meinem Gesicht weg und schiebe die Lippen in einer gewinnenden spitzen Schnute zum Rand hin. Gleichzeitig rolle ich die Augen in den Schädel. Es gab eine Zeit – ich erinnere mich besonders an die erste Gelegenheit –, da zauberte die ganze Vorstellung ein Lächeln auf die weniger biegsamen Lippen von Sally Klee. Jetzt ist mir beim Brillieren unbehaglich zumute, und wenn meine Augäpfel wieder in die Welt hinausblicken, sehe ich kein Lächeln, sondern Sally Klees bleiche, unbehaarte Finger auf der polierten Oberfläche des Esstisches trommeln. Sie füllt ihre Tasse nach, steht auf und verlässt das Zimmer, lässt mich zurück, und ich lausche ihren Schritten auf der Treppe.

Obwohl ich unten bleibe, bin ich auf Schritt und Tritt bei ihr – ich sagte es bereits, meine Nähe ist obszön. Sie steigt die Treppe hoch, geht in ihr Schlafzimmer, setzt sich an ihren Tisch. Von meinem Sitzplatz aus höre ich sie einen einzelnen Bogen Papier in ihre Schreibmaschine spannen, grauweiß, DIN A4, 61 mg pro Quadratmeter, eben das Papier, auf dem sie mühelos ihren ersten Roman verfasste. Sie wird sich vergewissern, dass die Maschine auf doppelten Zeilenabstand eingestellt ist. Nur Briefe an ihre Freunde, an den Agenten und den Verleger werden mit einfachem Zeilenabstand getippt. Entschlossen hämmert sie auf die rote Taste, die, sofern es Worte drum herum gibt, für eine ordentliche, weiße Leere sorgen wird, die ihrem ersten Satz vorausgeht. Eine Ehrfurcht einflößende Stille senkt sich über das Haus, ich beginne mich in meinem Sessel zu winden, ein unbeabsichtigt schriller Ton entschlüpft meiner Kehle. Seit zweieinhalb Jahren hat Sally Klee nicht mit Worten und Sätzen, auch nicht mit Ideen gerungen, sondern mit der Form, oder vielmehr mit der Vorgehensweise. Sollte sie, zum Beispiel, das Schweigen mit einer Kurzgeschichte brechen, einen Einzeleinfall mit spröder Eleganz und totaler Kontrolle ausarbeiten? Aber welchen Einzeleinfall, welchen Satz, welches Wort? Zudem sind gute Kurzgeschichten bekanntermaßen schwer zu schreiben, schwerer vielleicht als Romane, und mittelmäßige Geschichten gibt es wie Sand am Meer. Dann vielleicht noch einen Roman über Moira Sillito. Sally Klee schließt die Augen und sieht ihre Heldin scharf an und entdeckt doch nur wieder, dass sie alles, was sie über sie weiß, schon aufgeschrieben hat. Nein, ein zweiter Roman muss sich von dem ersten lösen.

Wie wäre es mit einem Roman, der in

(mein zaghafter Vorschlag) den Dschungeln von Südamerika spielt? Wie lächerlich! Was dann? Moira Sillito starrt von der leeren Seite zu Sally Klee hoch. Schreibe über mich, sagt sie schlicht. Aber ich kann nicht, ruft Sally Klee laut, ich weiß nichts mehr über dich. Bitte, sagt Moira. Lass mich in Frieden, ruft Sally Klee lauter als vorher. Über mich, mich. Nein, nein, schreit Sally Klee, ich weiß nichts, ich hasse dich. Lass mich in Frieden!

Sally Klees Schreie durchbohren die vielen Stunden angespannter Stille und lassen mich zitternd aufspringen. Wann werde ich mich je an diese schrecklichen Töne gewöhnen, die sogar die Luft erzittern und erbeben lassen? In der gelasseneren Rückschau werde ich an Edvard Munchs berühmten Holzschnitt erinnert werden, doch jetzt sause ich durchs Esszimmer, unfähig, das aufgeregte Gewinsel zu ersticken, das mir in Momenten der Panik oder Erregung entquillt und das, in Sally Klees Ohren, meine Glaubwürdigkeit in romantischen Dingen mindert. Und nachts, wenn Sally Klee im Schlaf schreit, macht mich mein eigenes ergreifendes Gewinsel bedrückend unfähig, Trost zu spenden. Moira hat auch Alpträume, wie in der ersten Zeile von Sally Klees erstem Roman mit kühler Ökonomie kundgetan wird: »In jener Nacht fuhr die bleiche Moira Sillito kreischend von ihrem Bett auf …« Die *Yorkshire Post* gehörte zu den wenigen Zeitungen, denen dieser Auftakt auffiel, fand ihn aber, betrüblicherweise, »überzogen energisch«. Moira hat natürlich einen Ehemann, der sie tröstet, und unten auf

Seite zwei schläft sie »wie ein kleines Kind in den starken Armen des jungen Mannes«. In einer unerwarteten Rezension zitiert das feministische Magazin *Die Widerspenstige* diesen Satz, um sowohl die Redundanz von »klein« wie den »banalen Sexismus« des Romans augenfällig zu machen. Mich kam jedoch der Satz bitter an, zumal er doch ebenden Trost beschreibt, den ich mich mitten in der Nacht seiner Verfasserin zu spenden sehne.

Das Scharren eines Stuhls lässt mich verstummen. Sally Klee wird jetzt herunterkommen, die Küche betreten, um sich ihre Tasse mit kaltem, schwarzem Kaffee zu füllen, und dann an ihren Schreibtisch zurückkehren. Ich klettere auf die Chaiselongue und bringe mich dort in Position für den Fall, dass sie hereinschauen sollte. Heute Abend geht sie nur vorbei, die offene Tür rahmt flüchtig ihre Gestalt ein, während ihre misstönend auf dem Unterteller scheppernde Tasse von ihrem nervösen Elend kündet. Oben höre ich sie dann das Blatt aus der Schreibmaschine ziehen und es durch ein frisches ersetzen. Sie seufzt und drückt die rote Taste, streicht sich die Haare aus den Augen und beginnt in ihrem gleichmäßigen, tüchtigen Vierzig-Wörter-pro-Minute-Tempo zu tippen. Musik erfüllt das Haus. Ich strecke meine Glieder auf der Chaiselongue aus und sinke in ein Nach-Tisch-Schläfchen.

Mit Sally Klees rituellen Schaffenskrisen machte ich mich während meines kurzen Aufenthalts in ihrem Schlafzimmer vertraut. Ich lag auf ihrem Bett, sie saß am Schreibtisch, und wir taten, jeder auf seine eigene Art, nichts. Ich suhlte mich, beglückwünschte mich stündlich zu meiner jüngsten Beförderung vom Haustier zum Geliebten und spekulierte, die Hände hinter dem Kopf verschränkt, die Beine gekreuzt, über den weiteren Aufstieg vom Geliebten zum Gatten. Ja, ich sah mich mit einem teuren Füllfederhalter in der Hand Ratenverträge für meine schöne Frau unterschreiben. Ich würde mir beibringen, einen Füller zu halten. Ich würde der Mann-im-Haus sein, mit blindergebener Mühelosigkeit Regenrohre erklimmen, um die Dachtraufen zu inspizieren, mich von Lichtanschlüssen baumeln lassen, um die Decke neu zu streichen. Abends mit meinem Trauschein in den Pub, um neue Freunde zu gewinnen, mir einen Namen erfinden, damit ich ihn meiner Frau geben konnte, mir das Tragen von Pantoffeln im Haus zu eigen machen und vielleicht sogar von Socken und Schuhen draußen. Von genetischen Regeln und Vorschriften wusste ich zu wenig, um über die Möglichkeit von Nachkommen zu sinnieren, aber ich war entschlossen, medizinische Autoritäten zu konsultieren, die wiederum Sally Klee von ihrem Schicksal unterrichten würden. Unterdes saß sie vor ihrer leeren Seite, bleich wie die kreischend auffahrende Moira Sillito, doch still und stumm, und strebte unausweichlich der Krise zu, die sie auf die Beine bringen und nach unten treiben würde, um sich ungewärmten Kaffee zu holen. In den ersten Tagen lächelte sie nervös aufmunternd zu mir herüber, und wir waren glücklich. Doch als ich von der Agonie hinter ihrem

Schweigen erfuhr, erschwerte mein einfühlendes Gewinsel – so gab sie zu verstehen – die Konzentration, und das Lächeln zu mir herüber hörte auf.

Es hörte auf, und deswegen ebenfalls mein Spekulieren. Ich bin nicht einer, wie Sie möglicherweise gemerkt haben, der Konfrontationen sucht. Stellen Sie sich mich vielmehr als jemand vor, der die Dotter aus Eiern saugt, ohne die Schalen zu beschädigen, denken Sie an meine Schlürfgeschicklichkeit. Außer meinem törichten Lärmen, das mehr evolutionär denn persönlich bedingt ist, äußere ich nichts. Eines Spätabends sauste ich, von einer plötzlichen Intuition überwältigt, ins Badezimmer, Minuten nachdem es Sally Klee verlassen hatte. Ich verriegelte die Tür, stellte mich auf den Badewannenrand, öffnete den kleinen duftenden

Schrank, in dem sie ihre allerprivatesten weiblichen Dinge aufbewahrte, und fand bestätigt, was mir gedämmert war. Ihr faszinierendes Käppchen lag in seiner Plastikauster, angestaubt und mich irgendwie missbilligend. In den langen Nachmittagen und Abenden auf dem Bett verfiel ich daraufhin von der Spekulation in die Nostalgie. Das lange Vorspiel gegenseitigen Erkundens, sie, wie sie meine Zähne mit ihrem Kugelschreiber zählt, ich, wie ich vergeblich in ihrem fülligen Haar nach Läusen suche. Ihre ausgelassenen Bemerkungen über die Länge, Farbe und Beschaffenheit meines Gliedes, mein Fasziniertsein von ihren bezaubernd nutzlosen Zehen und ihrem keusch verborgenen After. Unser erstes »Mal« (Moira Sillitos Wort) war ein wenig von Missverständissen überschattet, hauptsächlich wegen meiner Annahme, wir würden a posteriori vorgehen. Dies Problem war bald gelöst, und wir übernahmen Sally Klees unerhörte »Gesicht-zu-Gesicht«-Position, ein Arrangement, das mir anfangs, wie ich meiner Geliebten klarzumachen versuchte, zu kommunikationsbefrachtet, ein bisschen zu »intellektuell« vorkam. Ich machte es mir jedoch rasch bequem, und keine zwei Nachmittage später fiel mir ein:

Und Bilder uns im Aug zu zeugen,
War unser ganzes Trachten.

Glücklicherweise war das, in diesem Stadium, nicht ganz alles. »Die Erfahrung des Verliebtseins ist alltäglich, aber nichtsdestoweniger transzendent.« Diese Betrachtungsweise wird Moira Sillito von ihrem Schwager nahegelegt, der als

Einziger aus der großen Familie eine Universität besucht hat. Ich sollte hinzufügen, dass Moira, obwohl ihr das Wort von ihrer Schulzeit her geläufig ist, nicht weiß, was »transzendent« bedeutet. Nach einem schicklichen Schweigen entschuldigt sie sich, eilt hinauf ins Schlafzimmer, findet das Wort in einem Taschenwörterbuch, eilt hinunter ins Wohnzimmer und sagt, als sie zur Tür hereinkommt, vertraulich: »Nein, das ist es nicht. Verliebtsein ist wie auf Wolken schweben.« Wie Moira Sillitos Schwager war auch ich verliebt, und wie es nun einmal so geht, dauerte es nicht lange, bis meine Unermüdlichkeit Sally Klee zu bedrücken begann, und auch nicht lange, bis sie sich beklagte, dass die Reibung unserer Körper ihr Ausschlag beschere und dass mein »fremder Same« (fremdes Korn, witzelte ich damals fruchtlos) ihre Mundfäule verschlimmere. Dies und mein »verfluchtes Gesabbere auf dem Bett« beschleunigten das Ende der Affäre, der glücklichsten acht Tage meines Lebens. Kommenden April werde ich zweieinhalb.

Nach Spekulation, nach nostalgischer Wehmut und vor meinem Umzug in das obere Zimmer hatte ich genügend Muße, mir bestimmte Fragen bezüglich Sally Klees schöpferischen Schaffenskrisen zu stellen. Warum kehrte sie nach einem langen Tag der Untätigkeit vor einem leeren Blatt Papier mit ihrem ungewärmten Kaffee in das Zimmer zurück und ersetzte jenes Blatt durch ein anderes? Was war es, das sie dann so flüssig zu tippen begann, das jeden Tag nur ein Blatt Papier beanspruchte und danach in einen dicken Packen anderer solcher Blätter eingereiht wurde? Und warum verschaffte ihr diese plötzliche Aktivität keine Erleichterung von ihrem stillen Leiden, warum erhob sie sich jede Nacht noch immer gequält von ihrem Tisch, beherrscht von der Leere des anderen Blatts? Für mich war das Geräusch der Tasten zweifellos eine Erlösung, und ich fiel unwandelbar beim allerersten Anschlag in einen wohltuenden Schlaf. War ich nicht auch gerade eben in dieser kristallklaren Gegenwart unten auf der Chaiselongue eingedöst? Einmal schlich ich mich, anstatt einzuschlafen, unter dem Vorwand der Zuneigung neben Sally Klees Stuhl und erhaschte die Worte »in welchem Falle die ganze Sache betrachtet werden könnte unter«, ehe meine Geliebte – was sie damals noch war – mich sanft aufs Ohr küsste und mich zärtlich in Richtung Bett schubste. Diese recht prosaische Konstruktion dämpfte meine Neugier, jedoch nur für ein, zwei Tage. Welche ganze Sache? Welche ganze Sache könnte unter was betrachtet werden? Wenige Tage später hatte die Plastikauster aufgehört, ihre Gummiperle zu offenbaren, und ich bekam allmählich das Gefühl, dass ich als Sally Klees verschmähter Liebhaber ein Recht darauf hatte, den Inhalt dessen zu kennen, was ich inzwischen für ein privates Tagebuch hielt. Neugier und Eitelkeit vereinten sich zu einem Balsam, der mein schlechtes Gewissen und meine Neugier linderte, und wie ein arbeitsloser Schauspieler sehnte ich mich danach, eine günstige Kritik über mich zu lesen, und sei es auch nur eine – sozusagen – von einem abgesetzten Stück.

Während Sally Klee an ihrem Tisch saß, hatte ich genüsslich dagelegen und ihre und meine Zukunft geplant, dann hatte ich zerknirscht dort gelegen, und jetzt, da unsere Kommunikationslosigkeit zur festen Einrichtung wurde, lag ich wartend da. Ich blieb bis spät in die Nacht wach, um sie dabei zu beobachten, wie sie eine Schublade ihres Schreibtisches öffnete, ihr einen verblichenen, blauen Klappordner entnahm, das fertige Blatt aus der Schreibmaschine zog, es mit der Vorderseite nach unten in den Ordner legte, um zu gewährleisten (mutmaßte ich durch halbgeschlossene Augen), dass die frühesten Eintragungen zuoberst lagen, den Ordner schloss und ihn wieder in seine Schublade zurücklegte und aufstand, die Augen matt vor Erschöpfung und von der Niederlage, die Kinnlade schlaff, der Geist blind für die Verwandlung ihres früheren Geliebten zum Spion, der auf ihrem Bett Schlaf vortäuschte und seine stummen Berechnungen anstellte. Obwohl nicht im Entferntesten altruistisch, waren meine Absichten wiederum auch nicht rein egoistisch. Natürlich wollte ich durch den Zugang zu intimsten Geheimnissen und Sorgen und indem ich meine Kraft gegen ausgesuchte Punkte ihrer heimlichen Schwäche aufbot, Sally Klee davon überzeugen, dass mit Jucken, Mundfäule und Gesabber meine grenzenlose Zuneigung billig bezahlt war. Andererseits dachte ich nicht nur an mich. Immer wieder spulte ich Phantasiefilmstreifen ab, die mich zeigen, wie ich über dem Tagebuch grüble, dieweil seine Schreiberin außer Haus war, mich, wie ich Sally Klee bei ihrer Rückkehr meinen milden Verrat beichte und ihr, ehe sie auch nur einmal Luft holen kann, mit einer leidenschaftlichen Umarmung gratuliere, ein Meisterwerk geschrieben zu haben, ans Ziel einer kolossalen und enorm anstrengenden Reise gelangt zu sein, und sie, wie sie in den Stuhl sinkt, den ich flugs anbiete, die Augen geweitet und leuchtend von dämmerndem Begreifen, uns, hier in hautnaher Großaufnahme, wie wir bis tief in die Nacht das Tagebuch studieren, mich, wie ich rate, anleite, ediere, dann, wie die begeisterte Aufnahme des Manuskripts durch den Verleger von der Kritik noch übertroffen wird und diese wiederum durch den Erfolg bei der lesenden, kaufenden Öffentlichkeit, die Erneuerung von Sally Klees Schreibvertrauen, die Erneuerung, mittels gemeinsamer Bemühungen, unseres gegenseitigen Verstehens und unserer Liebe ... ja, Erneuerung, Erneuerung, mein Film handelte nur von Erneuerung.

Erst heute bot sich endlich eine Gelegenheit. Sally Klee musste ihren Steuerberater in der Stadt aufsuchen. Um meine quasihysterische Aufregung zu sublimieren, verrichtete ich Liebesdienste im Eiltempo. Während sie sich ins Badezimmer zurückzog, um dort vor dem Spiegel ihr Haar herzurichten, durchsuchte ich das Haus nach Bus- und Zugfahrplänen und schob sie unter der Badezimmertür durch. Ich kletterte auf den Kleiderbaum und pflückte von seinem obersten Ast Sally Klees rotes Seidenhalstuch und lief mit ihm zu ihr. Nachdem sie das Haus verlassen hatte, bemerkte ich jedoch, dass es wieder an seinem Platz hing. Hätte ich es nicht angeboten, vermutete ich verdrießlich, als ich sie vom Mansardenfenster aus an der Bushaltestelle beobachtete, würde sie es höchstwahrscheinlich getragen haben. Es dauerte noch eine ganze Weile, bis ihr Bus kam (sie hätte die Fahrpläne konsultieren sollen), und ich beobachtete, wie sie den Betonpfahl umrundete und schließlich ein Gespräch mit einer Frau begann, die ebenfalls wartete und die ein Kind auf dem Rücken trug, ein Anblick, der mir über die Vorstadtgiebel hinweg einen chemischen Stich generischer Sehnsucht versetzte. Ich war entschlossen, so lange zu warten, bis ich den Bus hatte Sally Klee davontragen sehen. Wie Moira Sillito, die in den langen Tagen, die dem Begräbnis ihres Gatten folgten, einen Schnappschuss seines Bruders anstarrte, wollte ich nicht, nicht einmal vor mir selber, vorschnell erscheinen. Der Bus kam, und der Bürgersteig war plötzlich auffallend leer. Von einem flüchtigen Verlustgefühl berührt, wandte ich mich vom Fenster ab.

Sally Klees Schreibtisch ist unprätentiös, ein Standardbüromöbel der Art, wie es bei mittleren Verwaltungsbeamten von Krankenhäusern und Zoos in Gebrauch ist, sein Hauptbestandteil ist Sperrholz. Das Design ist die personifizierte Schlichtheit. Eine einfache Schreibfläche ruht auf zwei parallelen Schubladenstapeln, und das Ganze wird an der Rückfront durch eine lackierte Holzplatte verstärkt. Ich hatte schon vor langem registriert, dass die betippten Seiten in der linken oberen Schublade abgelegt waren, und meine erste Reaktion, als ich vom Dachzimmer herunterkam und sie abgeschlossen fand, war eher Wut als Verzweiflung. Durfte mir nach einer so langen Intimität nicht vertraut werden, behandelte in ihrer Arroganz eine Spezies so die andere? Wie zusätzliche Beleidigungen glitten alle übrigen Schubladen gleich höhnischen Zungen heraus und offenbarten ihren faden, gleich bleibenden Inhalt. Angesichts dieses Verrats (was hatte sie noch abgeschlossen? Den Eisschrank? Das Gewächshaus?) an unserer gemeinsam genossenen Vergangenheit empfand ich meinen Anspruch auf den verblichenen, blauen Klappordner als vollkommen gerechtfertigt. Aus der Küche besorgte ich mir einen Schraubenzieher und machte mich daran, die fipsige Holzplatte wegzuhebeln, die die Rückseite des Schreibtischs zusammenhielt. Mit einem Geräusch wie ein Peitschenknall löste sich längs einer Schwachstelle ein großes Stück ab und hinterließ an seiner statt ein hässliches rechteckiges Loch. Doch mit Äußerlichkeiten hielt ich mich nicht auf. Ich stieß meine Hand tief hinein, fand die Rückfront der Schublade, schlich mit den Fingern weiter und begann den gefundenen Ordner herauszulüpfen und würde mich zu einer tadellosen Aktion beglückwünscht haben können, hätte sich nicht die Leitkante an einem Nagel verhakt und den Inhalt in einem weißen Schwarm über den splitterübersäten Fußboden gekippt. Stattdessen raffte ich nun an Blättern zusammen, was mir mein linker Fuß in einer fließenden Bewegung in meine rechte Hand befördern konnte, und zog mich ins Bett zurück.

Ich schloss die Augen und hielt einen Moment inne, wie jene, die auf dem Topf flüchtig ihren Stuhl verhalten. Um zukünftiger Erinnerung willen konzentrierte ich mich auf die genaue Natur meiner Erwartungen. Ich war des universellen Gesetzes wohl eingedenk, das eine Diskrepanz zwischen dem Vorgestellten und dem Wirklichen verordnet – ich machte mich sogar auf eine Enttäuschung gefasst. Als ich die Augen öffnete, füllte eine Zahl mein Blickfeld – 54. Seite 54. Darunter fand ich mich in der Mitte eines Satzes wieder, der seinen Anfang auf Seite dreiundfünfzig hatte, eines in seiner Vertrautheit unheilvollen Satzes. »... sagte Dave, indem er sich mit ihr sorgfältig den Mund abwischte und sie auf seinem Teller zerknüllte.« Ich drehte mein Gesicht ins Kissen, krank gemacht und überwältigt von der Einsicht in die

Komplexität und Raffinesse von Sally Klees Spezies und der viehischen Unwissenheit meiner eigenen. »Dave starrte durch das Kerzenlicht unverwandt auf seine Schwägerin und ihren Gatten, seinen Bruder. Er sagte ruhig: ›Manche halten ihn wiederum für ein herbes, weibliches Odeur (er warf Moira einen Blick zu) … erregend. Gewiss erweckt er die Vorstellung von einer wie auch immer gearteten sexuellen Aktivität zwischen …‹« Ich warf das Blatt weg und grapschte ein anderes, Seite 196: »Erde polterte auf den Sargdeckel, der Regen hörte so plötzlich auf, wie er eingesetzt hatte. Moira sonderte sich von der Hauptgruppe ab und wanderte über den Friedhof, las ohne rechtes Begreifen die Inschriften auf den Steinen. Sie fühlte sich mild gestimmt, so als hätte sie einen deprimierenden, aber letztendlich guten Film gesehen. Sie blieb unter einer Eibe stehen und verweilte dort lange Zeit, kratzte mit ihren langen, orangenen Fingernägeln an der Rinde herum. Sie dachte: Alles wandelt sich. Ein Sperling hüpfte mit gegen die Kälte aufgeplustertem Gefieder verloren zu ihren Füßen.« Nicht ein Satz, nicht ein Wort abgewandelt, alles unverändert. Seite 230: »›-ken schweben?‹, wiederholte Dave griesgrämig. ›Was heißt das genau?‹ Moira senkte den Blick auf einen Makel im Muster des Bucharateppichs und sagte nichts. Dave durchquerte das Zimmer und fasste ihre Hand. ›Ich stelle diese Frage‹, sagte er hastig, ›weil ich so viele Dinge von dir lernen muss. Du hast so viel gelitten. Du weißt so viel.‹ Moira befreite ihre Hand, um nach ihrer Tasse mit kaum mehr warmem, dünnem Tee zu greifen. Sie dachte teilnahmslos: Warum verachten die Männer die Frauen?« Ich konnte nicht mehr lesen. Ich kauerte auf dem Bettpfosten, zupfte an meiner Brust herum und lauschte auf das gewichtige Ticken der Uhr unten im Flur. War Kunst also nichts weiter als der Wunsch, tätig zu erscheinen? War sie nichts weiter als die Furcht vor Stille, vor Langeweile, die schon das bloß reduplizierende Geratter der Schreibmaschinentastatur mildern konnte? Kurz gesagt, genügte es, wenn man einen Roman verfertigt hatte, diesen wieder zu schreiben, ihn sorgfältig abzutippen, Seite für Seite? (Schwermütig führte ich mir Läuse vom Rumpf in den Mund.) Tief im Herzen wusste ich, es könnte genügen, und schien mit diesem Wissen weniger zu wissen als je zuvor. Zweieinhalb im kommenden April, allerdings! Ich hätte vorgestern geboren worden sein können.

Es wurde dunkel, als ich schließlich daranging, die Papiere zu ordnen und sie in den Ordner zurückzulegen. Ich arbeitete schnell, drehte mit allen vieren Papiere um, wobei mich weniger die Angst vor Sally Klees frühzeitiger Rückkehr trieb als die dunkle Hoffnung, dass ich durch das Wiederherstellen der Ordnung den Nachmittag aus meinem Bewusstsein tilgen könnte. Ich schob den Ordner durch die Schreibtischrückseite in die Schublade zurück. Ich befestigte das ausgezackte Holzsegment mit Reißzwecken, die ich mit einem Schuhabsatz einhämmerte. Ich warf die Holzsplitter aus dem Fenster und stieß den Schreibtisch an die Wand. Ich kauerte in der Zimmermitte, meine Knöchel streiften kaum den Teppich, und befragte das Halbdunkel und das schreckliche Zischen totaler Stille um meinen Kopf … jetzt war wieder alles wie vorher und wie Sally Klee es erwarten würde – Schreibmaschine, Stifte, Löschpapier, eine einzelne welke Narzisse – und dennoch wusste ich, was ich wusste, und begriff überhaupt nichts. Schlicht und einfach, ich war ihrer unwürdig. Ich wollte das Licht nicht anknipsen und meine Erinnerungen an die glücklichsten acht Tage meines Lebens erhellen. Ich tastete mich deshalb durch das Schlafzimmern eigene Dämmerlicht, bis ich, von Selbstmitleid geschüttelt, meine paar Habseligkeiten ausfindig gemacht hatte – Haarbürste, Nagelfeile, Edelstahlspiegel und Zahnstocher. Mein Entschluss, ohne mich einmal umzuschauen, das Zimmer zu verlassen, scheiterte, als ich die Schlafzimmertür erreichte. Ich drehte mich um und spähte hinein, doch ich konnte nichts sehen. Ich zog die Tür sanft hinter mir zu, und gerade als ich meine Hand auf die erste Stufe der engen Bodentreppe setzte, hörte ich Sally Klees Schlüssel im Haustürschloss rumoren.

Ich erwache aus meinem Nach-Tisch-Schläfchen in Stille hinein. Vielleicht hat mich die Stille, das plötzliche Verstummen von Sally Klees Schreibmaschine, aufgeweckt. Meine leere Kaffeetasse baumelt mir noch immer an ihrem Henkel vom Finger, ein zäher Rest Büchsennahrung überzieht meine Zunge, während ein Speichelfaden aus meinem schlafenden Mund das Paisleymuster der Chaiselongue beschmutzt hat. Schlafen löst nun mal nichts. Ich erhebe mich kratzend und sehne meine Zahnstocher herbei (Fischgräten in einem Sämischlederbeutel), aber die sind jetzt ganz oben im Haus, und um sie zu holen, müsste ich an Sally Klees offener Tür vorbei. Und warum sollte ich nicht an ihrer offenen Tür vorbei? Warum sollte ich in diesem Haushalt nicht gesehen und zur Kenntnis genommen werden? Bin ich unsichtbar? Verdiene ich für meinen ruhigen, Selbstzurückhaltung übenden Umzug in ein anderes Zimmer nicht eine schlichte Anerkennung, den knappen Austausch von Kopfnicken und Seufzern und Lächeln zwischen zweien, die sowohl Leid als auch Verlust erfahren haben? Ich stehe vor der Standuhr in der Diele und beobachte, wie sich der kleine Zeiger auf zehn zuschiebt. Die Wahrheit lautet, dass ich nicht an ihrer Tür vorbeigehe, weil es mir weh tut, ignoriert zu werden, weil ich unsichtbar bin und bedeutungslos. Weil ich mich danach sehne, an ihrer Tür vorbeizugehen. Mein Blick verirrt sich zur Haustür und bleibt dort haften. Fortgehen, ja, meine Unabhängigkeit und Würde wiedergewinnen, auf der City Ring Road losmarschieren, meine Habseligkeiten an die Brust gepresst, die unendlichen Sterne thronen über mir und Nachtigallengesang tönt mir im Ohr. Sally Klee bleibt immer weiter hinter mir zurück, sie hat mich kein bisschen gern, nein, und ich sie auch nicht, sorglos in die orangene Morgendämmerung hineintrotten und weiter in den nächsten Tag und dann wieder in die darauffolgende Nacht, Flüsse überquerend und Wälder durchdringend, eine neue Liebe suchen und finden, einen neuen Posten, eine neue Funktion, ein neues Leben. Ein neues Leben. Allein schon die Worte lasten mir auf den Lippen, denn welches neue Leben könnte erhabener sein als das alte, welche neue Funktion könnte mit der als Sally Klees Ex-Liebhaber rivalisieren? Keine Zukunft kann meiner Vergangenheit gleichkommen. Ich wende mich der Treppe zu und fange beinahe sofort zu fragen an, ob man die Situation nicht auch anders sehen könnte. Heute Nachmittag, zerfressen von meiner eigenen Unzulänglichkeit, handelte ich in bester Absicht, es geschah in unserem beiderseitigen Interesse. Beim Nachhausekommen von einem beschwerlichen Tag musste Sally Klee ihr Zimmer betreten und entdeckt haben, dass gewisse vertraute Sachen fehlten, und dann muss sie gespürt haben, dass ihr einziger Trost ohne ein Wort von ihrer Seite gewichen war. Ohne ein einziges Wort! Meine Hände und Füße sind jetzt auf der vierten Stufe. Ohne Zweifel, sie ist es, die verletzt ist, nicht ich. Und was sind Erklärungen denn anderes als stumme, unsichtbare Dinge in unserem Kopf? Ich habe mehr als genug Schaden angerichtet, und sie schweigt, weil sie schmollt. Sie ist es, die sich nach Erklärungen und Versicherungen sehnt. Sie sehnt sich danach, geachtet, gestreichelt zu werden, den Atem zu spüren. Natürlich! Wie konnte mir das während unserer stummen Mahlzeit nur entgangen sein. Sie braucht mich. Ich gewinne diese Einsicht, wie ein Bergsteiger einen jungfräulichen Gipfel erklimmt, und komme bei Sally Klees offener Tür ein bisschen atemlos an, weniger vor Anstrengung als aus Triumph.

Umkränzt vom Licht ihrer Schreiblampe sitzt sie mit dem Rücken zu mir, die Ellbogen ruhen auf dem Tisch, das Kinn in die hohlen Hände gestützt. Das Blatt Papier in ihrer Schreibmaschine ist eng mit Worten beschrieben. Es muss nur noch herausgezogen und in den blauen Klappordner gelegt werden. Wie ich hier direkt hinter Sally Klee stehe, überkommt mich eine lebhafte Erinnerung an meine früheste Kindheit. Ich starre auf meine Mutter, die mit dem Rücken zu mir dahockt, und dann sehe ich, zum ersten Mal in meinem Leben, an ihrer Schulter vorbei wie durch einen Nebel blasse, gespenstische Gestalten hinter dem Glas, die mit dem Finger zeigen und stumm den Mund bewegen. Ich komme geräuschlos ins Zimmer und hocke mich wenige Fuß hinter Sally Klees Stuhl hin. Und kaum bin ich hier, scheint es mir beinahe unmöglich, dass sie sich jemals auf ihrem Stuhl umdrehen und mich bemerken könnte.

NACHWEIS

Mein parfümierter Roman

›My Purple Scented Novel‹, deutsch von Matthias Fienbork

Die Erzählung ist inspiriert von ›L'image volée‹, einem Ausstellungsprojekt von Thomas Demand in der Fondazione Prada in Mailand, 2016. Sie erschien auf Englisch erstmals im gleichnamigen Ausstellungskatalog und im März 2016 im Magazin *New Yorker*. 2018 erschien die Erzählung einzeln in der Reihe ›Vintage short‹ bei Vintage/Penguin Random House UK, London. Copyright © Ian McEwan 2016.

Deutscher Erstabdruck in der *Frankfurter Allgemeinen Zeitung* vom 8. 7. 2016 unter dem Titel ›Mein grandioser Roman‹. Im vorliegenden Band erscheint die Erzählung auf Deutsch erstmals in Buchform, Matthias Fienbork hat die Übersetzung hierfür noch einmal durchgesehen.

Betrachtungen eines Hausaffen
›Reflections of a Kept Ape‹, deutsch von Michael Walter

Die Erzählung stammt aus dem Erzählband ›In Between the Sheets‹, Jonathan Cape Ltd., London 1978.

Die deutsche Erstausgabe, *Zwischen den Laken,* erschien 1982 im Diogenes Verlag, Zürich. Der Text folgt der überarbeiteten Übersetzung im Auswahlband mit Erzählungen von Ian McEwan *Letzter Sommertag,* Stories, Diogenes, Zürich 2008.